folio . benjamin

Traduit de l'anglais par Virginia López-Ballesteros

ISBN: 2-07-051274-6
Titre original: *No more television!*
Publié par Andersen Press Ltd., Londres
© Philippe Dupasquier, 1995, pour le texte et les illustrations
© Éditions Gallimard Jeunesse, 1995, pour la traduction française
Numéro d'édition: 81694
Loi n° 49-956 du 16 juillet 1949
sur les publications destinées à la jeunesse
Dépôt légal: mai 1997
© Christiane Schneider und Tabu Verlag Gmbh, München
pour le design de la couverture
Imprimé en Italie par la Editoriale Libraria

Gallimard Jeunesse

FINI LA TÉLÉVISION!

Philippe Dupasquier

folio. benjamin

Comme toutes les familles,
les Dubois avaient une télévision.

Tout le monde y trouvait son bonheur.
Mme Dubois adorait les feuilletons et,
surtout, les leçons d'aérobic.
M. Dubois préférait les courses
de moto et ne manquait pas un cours
de cuisine.

Les enfants, eux, aimaient tout et ne
manquaient jamais rien. Ils passaient
leur temps devant la télévision.
Ils la regardaient en rentrant
de l'école, le soir après le dîner et
tout le week-end, passant d'une chaîne
à l'autre sans jamais s'en lasser.

Ils ne faisaient pas leurs devoirs,
ils n'allaient pas jouer dehors.
Et, toujours à cause de la télévision,
ils n'aidaient jamais à la maison.
M. et Mme Dubois n'appréciaient
pas ça du tout.

Un jour, M. Dubois en eut assez.
Il débrancha la télévision et la monta
à l'étage pour la ranger dans
un placard.
– Désormais, vous ne la regarderez
que le week-end, annonça-t-il.
Les enfants étaient très en colère.

Mais le mardi, M. Dubois dut
redescendre l'appareil dans la chambre
de Mme Dubois pour sa gymnastique.
Le mercredi, il ressortit la télévision
du placard pour l'émission de cuisine.

Le jeudi, Charlotte dut regarder
un documentaire très important
pour sa leçon d'histoire.
Et, le vendredi, ils passaient
la deuxième partie de *L'Étalon noir*.
Personne ne pouvait rater ça !

Malheureusement pour M. Dubois,
la télévision était très lourde.
Une fois, il trébucha, dégringola
les marches et faillit se rompre le cou.
Il en avait assez de porter l'appareil
à droite et à gauche et il finit par
le remettre à sa place.
Les enfants reprirent tout de suite
leurs vieilles habitudes.
Les Dubois étaient désespérés.

Un jour, en ville, M. Dubois passa devant un magasin d'occasions dans lequel il y avait une télévision à vendre. Il sourit : il avait une idée.

Le soir, quand les enfants rentrèrent
de l'école, la télévision avait disparu.
– Il n'y aura jamais plus de télé
dans cette maison, déclara M. Dubois.
Je l'ai vendue à un brocanteur.
Les enfants montèrent l'escalier
quatre à quatre, mais il n'y avait plus
de télévision dans le placard…
Ils ne voulaient pas l'admettre.
– Allez, papa, où l'as-tu cachée ?
insistèrent-ils.

Le lendemain, sur le chemin de l'école, les enfants se rendirent compte par eux-mêmes : ils virent leur chère télévision dans la vitrine du magasin. Ils ne pouvaient pas en croire leurs yeux. Mme Dubois fut aussi surprise, mais elle comprit vite que ça ne pouvait leur faire que du bien.

La semaine suivante, les Dubois travaillèrent dur pour faire oublier la télévision à leurs enfants. M. Dubois rapporta de la bibliothèque plein de livres intéressants pour Nicolas.

Mme Dubois acheta de quoi faire
un lapin pour la collection
de peluches d'Alexandre.

Elle aida Charlotte
pour sa leçon
de piano.

Le jeudi, M. Dubois partit faire
des courses avec les garçons et
ils préparèrent un dîner mirobolant.

Le vendredi, Mme Dubois retrouva
des jeux de société au fond d'un tiroir.

Le samedi, la télévision n'était plus
dans la boutique. Elle avait été
vendue. Les enfants étaient abattus.
 – Allons, un peu de courage, ce n'est
pas la fin du monde ! dit M. Dubois.
Et, le jour même, il acheta du bois,
des cordes et des outils. Le lendemain,
ils se mirent à construire une cabane
dans le jardin.

Petit à petit, les enfants commencèrent
à oublier la télévision. Ils l'auraient
oubliée complètement si un
événement extraordinaire n'était
survenu un jour.

Ils jouaient à se déguiser : ils avaient
trouvé des tas de vieux vêtements dans
le grenier quand, soudain… miracle !
Elle était là ! C'était bel et bien
leur télévision !
– Papaaaa ! crièrent-ils en chœur.
Le moment était venu de s'expliquer.

M. Dubois fut obligé de tout avouer.
Il n'avait jamais emporté l'appareil
au magasin mais, quand il avait vu
le même modèle en vitrine, l'idée
lui était venue de leur faire croire
que c'était la leur et de cacher la vraie
dans le grenier.
– Mais j'étais prêt à la remettre
en place tôt ou tard, ajouta-t-il.
Ils étaient tout époustouflés.
– Tu veux dire qu'on aurait pu voir
L'Étalon noir ? demanda Mme Dubois
furieuse.
– Bon, ils le passent ce soir, si vous y

tenez…, répondit M. Dubois d'un ton
coupable.
– Oh oui papa ! s'exclamèrent
les enfants.

M. Dubois redescendit donc la télévision
qu'ils regardèrent pendant tout
le week-end. Ils firent de même
durant la semaine car M. Dubois
n'eut pas le courage de la remonter
dans le placard. Mais tout n'était pas
redevenu exactement comme avant
car, cette même semaine…

... Nicolas finit de lire les livres de la bibliothèque et rangea sa chambre...

... Charlotte devint millionnaire
en une soirée...

… et Alexandre construisit
une maison pour ses peluches…

… Ils préparèrent ensemble un
délicieux gâteau d'anniversaire
pour Mme Dubois…

Et, pour couronner le tout, ils finirent
la cabane, ils firent une fête et ils
invitèrent tous leurs amis. On s'amusa
énormément... sauf M. Dubois...

… qui regardait la télévision.